Das Nachrichtenband

von Frieder Stöckle
illustriert von Eva Czerwenka

Lesemaus-Geschichten
herausgegeben von Stefan Wilfert

Serie: Menschliche Geschichten

Oldenbourg

Mit freundlicher Abdruckgenehmigung des Textes für diese Ausgabe:
aus: Hans-Joachim Gelberg (Hrsg.), Wie man Berge versetzt. Sechstes
Jahrbuch der Kinderliteratur. © Beltz Verlag, Weinheim/Basel 1981.
Programm Beltz & Gelberg, Weinheim.

1., gemäß der Rechtschreibreform korrigierte Auflage 1997

Unveränderter Nachdruck 00 99 98 97
Die letzte Ziffer bezeichnet lediglich das Jahr des Drucks.

Lektorat: Ute Busche und Antje Glimmann
Herstellung: Karina Hack
Satz: Horst Gerbert Layoutsatz-Repro, Haar b. München
Repro: Wartelsteiner GmbH, Garching b. München
Druck und Bindung: Schoder Druck, Gersthofen

ISBN 3-486-**04440**-0

Micha wohnt seit drei Wochen in
dem gelben Hochhaus in der Vorstadt.
Links steht das braune Hochhaus
und rechts das grüne. Die Hochhäuser
brauchen verschiedene Farben,
sonst würde man sie nur schwer
unterscheiden können.

Drei Wochen Langeweile sind das.
Denn niemand kennt sich hier.
Niemand ist neugierig auf die anderen.

Jeder geht seiner Wege. Der Fahrstuhl summt leise. Die Türen schließen sich fast geräuschlos und öffnen sich ebenso. Leute steigen ein oder aus.

„Guten Tag“, „guten Abend“, „guten Morgen“. Viel mehr wird im Hochhaus nicht gesprochen. Die Leute gehen zur Arbeit und kommen von der Arbeit. Und im Übrigen will jeder für sich bleiben.

Zwar gibt es einige Kinder im Hochhaus, das schon.
Allerdings verteilt auf alle dreizehn Stockwerke.
Kein Mensch weiß, wo.

Micha hat sich
am Anfang
mit Treppenlaufen
die Zeit
vertrieben.
Die Treppe hoch
und runter.
Mal eine Stufe
nehmend,
dann zwei, drei.
Dann rückwärts
hüpfend.

Dann vorwärts auf allen vieren, wie ein Tier schleichend. (Das Rentnerpaar vom siebten Stock hatte vor Entsetzen aufgeschrien, als Micha so in der Abenddämmerung aus dem Hauseingang gekrochen kam.)

Nach zwei Tagen machte das Treppenspiel Micha keinen Spaß mehr. Und es fiel ihm nichts Neues mehr ein.

Dösig blätterte er Comic-Hefte durch. Mindestens zehn Kinder wohnten in diesem Haus. Da musste man doch irgendwie rankommen, überlegte er.

Aus dem Nähkästchen der Mutter schauten allerhand Fäden, Stoffe und Bänder hervor.

Micha hatte einen Gedanken. Er stand auf, nahm eine Rolle Band aus dem Nähkästchen und schrieb auf einen Zettel:
Ich heiße Micha
und wohne im Neunten.
Dann befestigte er sein neuestes Comic-Heft an dem Band und schrieb auf den Zettel:
Wer will, kann dieses Heft ausleihen!
Aber bitte Namen auf den Zettel
schreiben und Stockwerk.

Dann machte er das Fenster auf und ließ den Zettel ganz langsam mit dem Band und dem Comic-Heft an der Hauswand hinuntergleiten.
Wie der Fischer mit der Angel am See wartete Micha mit seinem Band am Fenster.

Nach etwa fünf Minuten gab es einen Ruck.
Jemand machte sich am Band zu schaffen. Micha hielt jetzt das Band ganz fest und wartete einige Minuten, bevor er es wieder einholte. Mit dem Band zog Micha einen zweiten Zettel herein. Und noch ein Comic-Heft.

Petra, Zweiter
stand auf dem Zettel. Und:
Dein Comic ist alt, von letzter Woche. Hab ich schon lange gelesen. Ich leih dir den neuen aus, er ist von dieser Woche. Bitte nach dem Lesen wieder herunterlassen.

Micha betrachtete die Schrift und stellte sich Petras Alter vor. Mindestens zehn, die konnte viel besser schreiben als er.

Rasch las er den Comic durch und befestigte ihn wieder am Band. Außerdem befestigte er sein Taschenmesser mit dem Häkchen am Band und schrieb einen neuen Zettel:
Comic zurück, danke. Kenn ich auch schon lang. Wenn du willst, kannst du dir mein Taschenmesser ein Weilchen ausleihen. Vorsicht, die mittlere Klinge ist besonders scharf!
Auf diese Weise wanderten am selben Tag noch zwei Teddys, eine Puppe, ein angefangenes Flugmodell, ein halbes Abendbrot und eine Indianerkleidung an der Hauswand auf und ab.

Und dann war wieder ein Zettel am Band befestigt:
Was macht ihr da? Ich heiße Paul und wohne im Fünften.
Nun kamen noch Sachen von Paul dazu.
Und später – es war schon dunkel und Micha hatte seine Taschenlampe am Band befestigt – noch Irmgard aus dem vierten und Kaspar aus dem ersten Stock.

„Die machen das nicht schlecht", sagte Petras Vater zu seiner Frau. „Wenn wir Erwachsenen uns nur auch so leicht kennen lernen könnten!"

Frieder Stöckle

Frieder Stöckle wurde 1939 geboren. Nach seiner Schulzeit begann er eine Tischlerlehre, studierte danach Bildhauerei und Kunstgeschichte. Anschließend arbeitete er einige Jahre als Werklehrer und Jugendhausleiter in verschiedenen Jugendhäusern. Später wurde er noch Lehrer für Deutsch und Geschichte. Seit vielen Jahren schon schreibt Frieder Stöckle Geschichten und Bücher für Kinder und Jugendliche und auch für Erwachsene.

Lesemaus-Geschichten

herausgegeben
von Stefan Wilfert

MIT NEUER RECHTSCHREIBUNG

NEU

Serie:
Alles Gute!
Herzlichen Glückwunsch!
Frohes Fest!

Bekannte Kinderbuchautorinnen und -autoren erzählen sechs Geschichten zum Thema, Ostern, Muttertag, Weihnachten und zu anderen Feiertagen im Jahreslauf.

In Vorbereitung u.a.:

Am Muttertag ist die Mutter das Wichtigste
von Laura Feuerland, Best.-Nr. 04318-8

Richtig suchen und falsch suchen
von Gudrun Mebs, Best.-Nr. 04320-X

Kirchweih und Kikeriki
von Walter Hörmann, Best.-Nr. 04321-8

Weihnachtszeit voller Geheimnisse
von Tilde Michels, Best.-Nr. 04322-6

Der besondere Tag
von Laura Feuerland, Best.-Nr. 04317-X

Serie:
Menschliche
Geschichten

Elsa
von Gina Ruck-Pauquèt, Best.-Nr. 04441-9

Kaputtes Knie
von Gudrun Mebs, Best.-Nr. 04442-7

Das Nachrichtenband
von Frieder Stöckle, Best.-Nr. 04440-0

Streitlust
von Hannelore Voigt, Best.-Nr. 04438-9

Pauli Schussel und Claudia Sommersprosse
Geschichten von Martin Auer und
Ditte Clemens, Best.-Nr. 04437-0

Tinka ist das tollste Pferd der Welt
von Klaus Peter Wolf, Best.-Nr. 04439-7

Serie:
Tierische
Geschichten

Die Ratte
von Walter Hörmann, Best.-Nr. 12298-3

Auch Mäuse mögen Weihnachtsplätzchen
von Tilde Michels, Best.-Nr. 12301-7

Wie der Tiger überlistet wurde
von Kedar Nath, Best.-Nr. 12299-1

Das Mädchen Eisenstein und der Rabe Fritz
von Klaus Kordon, Best.-Nr. 12304-1

Der Kuckuck
von Bruno Keiser, Best.-Nr. 12297-5

Die Spinne, die Giraffe und die Neugier
Geschichten von Helmut Glatz und
Henky Hentschel, Best.-Nr. 12302-5